鏡像攝影

鏡像攝影

鏡像攝影

鏡像攝影

禅

心

鏡像詩集

隨孫

鏡像 ○ 著

前　言

《隨緣的模樣》

我不是為了留名
　　也不是為了留芳
　　　　這是我一吐為快的
　　　　　　孤獨行者的心房
我心中的故事
　　雖然只是鏡像
　　　　您卻可以看見
　　　　　　我方便隨緣的模樣

情感和虛空
　　就如同色即是空
　　　　幻化空身即是法身
　　　　　　隨緣而住　真實的心相

煩惱　痛苦

菩提　解脫

　色不異空

　　隨緣無礙的心

　　　即是菩薩的名相

紅塵裡的愛戀

　那是我塵世的模樣

雖然如同夢幻

　是故事創作想像

　　它隨風飄蕩

　　　也如同風一樣

我把它寫出來

　讓您看到

美麗花朵的芬芳

隨緣就真的是

最美麗地綻放

否則就像

耗子精的無底洞

讓您輪迴在六道境相

悟道了　修成了

色即是空　空即是色

無明實性即佛性

隨緣即覺悟的名相

我不好也不壞

隨緣變現

七彩花朵的模樣

您喜歡

就拿去吧

不喜歡

就扔向遠方

好壞的分別

　是您心的選擇

　　我都歡喜接受

　　　像隨緣的風兒飄蕩

您真的見到我

　就笑一下

　　原來如此

　　　還有修行的名相

《風》

業識的風

　是心展現的風景

喜怒哀樂

　颱風下雨

　　都是他變幻的心情

愛戀不愛戀

解脫不解脫

也是心的夢幻

也是虛有的情境

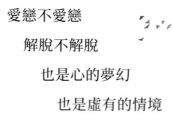

我只是隨緣的風

希望這個風

是吉祥的風

他能帶給您

一道彩色的風景

帶給您

我的吉祥祝福

是那樣的真誠

《痕跡》
——願望

以前的一切
　　像蒲公英一樣
　　　　隨風飄蕩
它隨著風兒
　　落到哪裡
　　　　那是前世的播種
　　　　　　今世才走的一趟

已經過去的故事
　　像藍天裡
　　　　乘風的夢幻白傘
用筆
　　隨意地塗寫
　　　　童話般的篇章

其實

　　那是我心的軌跡

　　　用生命的色彩

　　　　把傳奇的情感宣講

過去了　　過去了

　　只是在記憶裡

　　　有一片彩色的雲航

已逝的時光啊

　　像潺潺的溪水

　　　奏出奇妙的樂章

虛空裡的泡影

　因緣生　　因緣滅

　　那是

　　　情感的心漿

　　　　攪起的白色波浪

心中泛起

　感嘆的聲響

　境相　　原來就是

　　　心投射的鏡像

祝有緣人吉祥如意！

祝世界和平！

你美麗的笑臉

在我的心間

莫名地凝固了

溫柔心動的時間

那是前世的情念

輾轉到今世流傳

鏡像攝影

目錄

CONTENTS

目錄

CONTENTS

目錄

CONTENTS

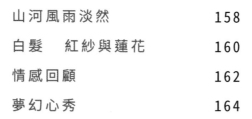

目錄

CONTENTS

鏡像攝影

情似晶瑩的露珠

隨著因緣聚

又隨著因緣歸來處

你見到我時

是因緣至

天時地利　已具足

沒有誤

你就在心念起處

眷 戀

拂不去的眷戀
是因前世的擦肩
回頭的一眼
心動的那一念
熬了多長的時間
走過了多少歲月
走過了幾世的輪轉

你出現在眼前
總算好好地
一睹你的容顏

從此縈繞在心間
成了心中的
不捨的溫暖眷戀
千遍萬遍
畫成了遙遠
紅塵裡的美麗容顏

晨曦裡　醉意酥透

在晨曦裡等候

看微風的溫柔

向陽花之首

晶瑩露珠隨風不留

沒見鳥在何處

卻聽到了婉轉的歌喉

在園子的盡頭

你站在朝陽裡揮手

美麗的花草香氣

是自然釀的美酒

深情吸進喉

清新的醉意酥透

靜心體會不夠

沈浸在境中深厚

如癡如醉忘了身後

還有人扯著我的衣袖

忘了名字

想不起你的名字

好像突然消失了記憶

如同烏雲遮日

黑暗裡迷失

時間也嘎然而止

回到了零點的原始

朦朧的心意

看不清任何的印記

彷彿拉開了心的距離

你在遙遠的天際

隔著重山萬里

我只好拿一枝筆

畫下你飄逸的彩衣

只是畫不清你的臉

寫不出你的名字

愛的債

一生等待

心兒最難猜

愛　在心裡深埋

心中盡是無奈

那個美麗的女孩

成了清澈的甘泉

時常想起來

心田就得到滋潤灌溉

在紅塵人海

只有你是我的情懷

只對你　我想表白

你那純淨的眼

和紅紅的腮

是我想像的未來

那癡心的愛
是六道輪迴的債

情是隨緣的露珠

情似晶瑩的露珠

隨著因緣聚

又隨著因緣歸來處

你見到我時

是因緣至

天時地利　已具足

沒有誤

你就在心念起處

因緣具足　會有數

隨緣來　隨緣住

情是眉目

由心讀

由心安住

緣盡　隨風化氣

成了風一縷

下次有緣再相遇

可能已化成是

綿綿的情感細雨

不知會不會

成為你真心的期許

用真誠的語句

譜寫美好的心曲

虛幻的夢鄉

滿目蒼涼　因緣由心想

三月花香　心識現鏡像

悲歡離合雲霧繚繞茫茫

貪嗔痴慢疑是心妄

綿綿情意長

也只是虛幻的夢鄉

受想行識　哪怕陌路相忘

那全息的種子

卻居住在如來藏

諸事無常

因緣演變了

無數的歡喜悲傷

眾生的心房

每天在意自己的外相

塗抹　扯衣　化妝

企圖掩蓋內心之相

只是那份世俗的倉惶

添了蒼涼

在鏡像中迴響

現出一世的

八苦的生滅影像

輪轉　　隨波流放

只是畫冊一卷的荒唐

如何折騰　到頭來

也只是空歡喜一場

不如回到無苦的故鄉

那裡是天堂

心靈鳥

執念畫地為牢

好奇希望的心靈鳥

想著奔跑

想著飛到雲霄

只是無明的妄念

把心纏繞

讓心力虛耗

將生命的能量燃燒

直到潦倒

黑了的夜靜悄悄

時間數著秒

生命慢慢地變老

被心牢捆住心靈鳥

卻不知心牢

是自己愚癡所造

那執著煩惱的道

心是主角

妄心的眼也看不到

四處將希望尋找

又畫地為牢

心在陰陽裡流放

打開心中貯藏

曬一曬陽光

看看哪些是美好夢想

哪些是曾經的悲傷

溫暖的太陽

好像在說　一切只是時光

時光的芳香

隨著風悠悠飄盪

心裡的欣賞

是你晨曦裡的美麗臉龐

晨曦如情河般流淌

成了心中的風光

時光的滄桑

那是陽光曬不透的徬徨

曾有的感傷

心翼無法展翅飛翔

眼裡無奈的淚光

折射著心中的蒼涼

曬一曬陽光

也曬一曬月光

讓心在陰陽裡流放

尋找你的模樣

行駛在無盡的海洋

有了地獄也有了天堂

前世微塵飄到今天

前世的一粒風塵

飄到了今世的天

化現了今世的緣

前世的紅塵

滾動到今天

變大了　還多了彩緞

在滾動中

多次變化著聚散

多次變著臉

每一個微塵

都有自己的天

也有自己的海灘

所有的變遷

都會記錄在心的海岸

重逢的臉龐

重逢的臉龐

猶如重逢的

十五皎潔的月光

是喜悅的清涼

是美好的綿長

看著你的模樣

月光下　交錯了時光

恍惚了心想

你坐在我的身旁

一起沐浴美麗的月光

月光　靜靜地流淌

讓人醉了心房

陶醉在綺麗的夢鄉

時空猶如仙境的天象

重逢的時光

記錄了秋楓的紅妝

在美如畫的河旁

演奏了心曲的交響

交融著美麗的月光

雕刻　銘記在月亮上

還雕刻了重逢的臉龐

期 盼

癡癡地等待　　期盼

一天又一天

直到秋天

心花凋殘

也不見纏綿

敷衍了春天

又敷衍了夏天

秋天不用敷衍

瀟瑟的風雨已寒

溜走了一年

無常的情緣

影子只在月亮時相伴

流年溜走的情緣

沒見出現

也沒了溫暖

馬上是冬天

白雪會深埋期盼

如果還有希望

也只能冬眠

等待來世的有緣

情絲是自己心想的

被情絲纏住

實際上

是自己的業力形象

妄想的心

纏住自己的妄想

那是心

投影的名相

在隨著鏡像

繼續著自己的心想

在鏡像中著迷

以為是別人的形象

而不是自己的妄想

執著著名相

想著美麗的花香

想著虛妄的彩像

在六道裡遊蕩

真妄心的臉

一半風雨　一半晴天
那是陰陽臉
人生道路的路面

一半惡　一半善
那是真妄的猴子(註)
雙胞胎的臉

善心生出了風調雨順
太陽的溫暖
惡心生出了災難
滿目瘡痍不見美麗的臉

靜心　　思維觀

佛陀的臉

為什麼慈善　　圓滿

註：真心和妄心，西遊記裡真妄想攻的故

事，就是孫悟空和六耳獼猴的故事。

楓葉讚

秋天的樹葉是輪迴

如花的楓葉最嬌媚

雖然妝點了秋風的美

卻經受不了瑟風吹

用生命的一回

染紅了世界無怨無悔

艷放了　如同花的芳菲

為了愛可以輪迴

秋天的楓葉很疲憊

雖然非常的累

為了你　最後相陪

希望是你心裡的蓓蕾

你不是樹的累贅
是秋天的紅玫瑰
表現了生命壯麗的情意
你是秋天風景的陶醉

曲路松木香

曲路松木香　霧氣濕衣裳
攀山路蹣跚　只因老滄桑

回想當年行　等閒上山梁
旁邊還有你　熱情腿張揚

攜著你的手　一路輕鬆上
不覺時間久　直到看斜陽

曲路松木香　還有是馨香
人生之道路　幸你伴身旁

讓心靈自在地飛行

放開心中的執著

就會改變你的情緣夢影

就像改變了編程

你會到美妙的新世界遊行

世界就是縱橫

到處卻是警示的警鈴

那些藏在角落的精靈

可能就是水滴的晶瑩

放出心中的精靈

不要再有綑綁的網繩

自由世界的天空

讓心靈自在地飛行

鏡像攝影

一心一意

是一幕朝夕

那曾經的期許

讓心下了一場雨

淋濕了心地

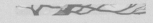

思念繞成了線

心在塵世間
思念繞成了線
線的那端
是一份牽掛的緣

你美麗的笑臉
在我的心間
莫名地凝固了
溫柔心動的時間
那是前世的情念
輾轉到今世流傳

希望到永遠
那是內心的情願

不要只是一縷雲煙

飄過了眼前

讓我望眼欲穿

只在思念時浮現

你那清秀的容顏

一幕朝夕

一心一意
是一幕朝夕
那曾經的期許
讓心下了一場雨
淋濕了心地

有了一番詩意
有了鮮花的心曲
卻被雜草盡覆
消散了歡愉
有了心中萬里的距離

甜即是苦
才是真實的道理
只是一隻心筆

隨心畫著圖

妄想著七色畫裡

是永恆的幸福

是圓滿的結局

隨 緣

一拂衣袖
隨著秋風周遊
看滿山楓葉秀
卻不將秋色裝衣袖

喝一杯酒
穿腸而過不留
紅塵煩惱不叩
色空也不裝在心頭

楓林夢幻

是誰將七色
塗抹在無波的水面
是彩色的楓葉
在水中施了迷幻

顛倒的相片
顛倒的地和天
清澈的水將其旋轉
那是夢一樣的因緣

如油畫的楓林
做了媒的風雨秋天
緣起了美豔
虛實了美麗的夢幻

桃花樹

一念桃花因
一念桃花路
桃花因果
桃花得度
桃花緣在迷途
桃花緣是之初

因緣重複
情執愛的舊物
一念的貪圖
走在紅塵路
心風吹得雲卷雲舒
只是心念顧

每一世的桃花樹

映在鏡像的天湖

色不異空

色是菩薩的行路

情難傾訴

也是煩惱即菩提

一樹桃花色不異空

手捻桃花枝

隨緣安住

化成一縷風虛無

寂靜地觀照住

渡所非渡

寂靜了　渡一切苦

色即是空的覺悟

桃花樹

是妄想的大樹

也是菩提樹

一片情癡苦

一片情癡苦

猶如風霜顧

無處將情哭訴

貪執身軀

更貪執情歸依處

生生世世

依然情如故

境相將妄心誤

頻頻將幻象回顧

既然諸事無常

何來長久處

隨緣情愁

時間飛逝不停留
生命一頁一頁地翻走
只有清風徐徐
拂過柔情的垂柳

河水不停地東流
一去就忘了回頭
只有人造的碼頭
牽掛著河水悠悠

走過了多少春秋
四季輪轉不停留
只是寂寞的時候
喝杯釋懷的小酒

春花開了　秋果熟透

鴻雁已飛走

不戀不動的高樓

只是隨著因緣情愁

柔情　希望與你相逢

柔情似水　　情正濃

那是彩色的心情

柔軟的一筆

一筆淡淡的天空

是雨後的天晴

美麗的一道彩虹

蝴蝶飛過彎曲的小徑

飛過美麗的花叢

輕輕的微風

把美好撫過了心中

好像悠揚進入了人生

希望與你相逢

微 笑

微笑最便宜

幾乎是免費的沐浴

帶著春天的心意

把春風送給你

為你芬芳了空氣

讓你看到了美麗

讓你身心愜意

這是心中最好的禮物

心　全息宇宙之相

無慧眼的人只見表象

覺悟的行者

觀照思維去除假象

靜心地思量

一切的名相

皆是緣起的幻象

我看到了此岸

以及彼岸的氣象

看到了天象

宇宙變化的形象

心　原來有全息的名相

憂傷　滄桑了天象

你的憂傷

滄桑了秋天的天象

枯葉飄落了熱情

寂滅了希望

大地開始了蒼涼

我靜靜地觀望

蕭瑟的秋風

雕刻變換了景象

改變了心想

冷酷的顏色

凋零了秋天的風光

情在夢裡頭

情意幽幽
我在等候
切切的心意
是那溫柔的手
把花種在夢裡頭
馨香四處飄流
隨著春風走
季風不停留
醒來發現
情義走過了四季
花香了一世

曇花一現

你來的很短
也就是一天
你鮮豔了瞬間
就回歸了自然

你隨緣地將頭一點
笑容燦爛
接著就去了來世
不知在哪鮮豔

業力是承諾

心中有太多的寂寞

眼角淚光閃爍

映照著無奈的漂泊

業力的風吹過

卻是前世的承諾

心花總是在用時凋落

生活老是對錯

面對的皆是因果

人生受盡折磨

才是生命的守則

匆匆的紅塵過客

有緣的擦肩過

愛恨的歲月在心裡雕刻

為何我的心窩

還有愛的一團烈火

彼岸花

彼岸花開了

幾世輪轉　幾世相見

情隨著流水

緣起緣滅　去了遙遠

我們倆還是相隔兩端

既不同時在此岸

也不同時在彼岸

只能遠遠地相望

默默地在心裡思念

只是這苦戀

不知還要多久的相戀

雖然百看不厭

永遠在心裡嬌豔

卻不能成為親眷

愛的緣份沒有圓滿

只能繼續默默地許願

夢蝶栩栩

夢蝶栩栩

不知是我還是你

看到的星際

還是一體

不知是綺夢讓人著迷

如失了心智

分不清夢外夢裡

繼續著夢意識之旅

像流水自然地流去

風景就在沿路

哀樂怒喜

心　　一樣地隨境

一樣地入戲

一樣深切地演繹

妄想著美好的故事

心念不停息

彎曲的路　走不完

曲曲折折的路

走不完

走到了黃昏暗

殘餘的霞光

吻著山澗

不願意離去

有些留戀

清澈的溪水

也曲曲彎彎

去了遙遠

那曲折的山谷

不知歷盡了多少艱難

藏了多少雙眼

最後只是

白白骨骸留在山間

還是沒有看破

出不了這曲曲彎彎

路　沒有走完

月圓　月缺　陰月

你是我心裡的傷

雖然也像圓月一樣

曾經那麼明亮

讓人充滿了想像

可是轉眼之間

你就缺了　變了形象

又漸漸地變成了陰月

消失了編織的希望

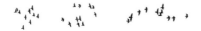

雖然你還在心裡

躲在某個地方

那只是記憶的深藏

痕跡　很難抹去或釋放

那是業力的悲愴

必然呈現的淚光

沒有原諒不原諒

只是輪迴生滅的月光

花開花落　花紅花香

花開了　送你一路芬芳
花落了　為你一路留香

心花開了　送你一生怒放
心花落了　為你一生留想

花開花落
為你一世輪迴
為你一世情傷

花紅花香
為你一世奉獻
為你一世翱翔

花開了　花落了
為你一生夢想
為你一生慈航

朦朧的細雨

那日的故事
在你心裡
還有多少影子

就像風裡的雨
既撫過你
也淋濕了你的髮絲
為什麼沒有
生出美麗的花季

看來故事

並不在你的心裡

更沒有埋下種子

只是欣賞了

朦朧心動的濛濛細雨

那是迷濛的心雨

啟蒙的老師

鏡像攝影

因緣一個肉身

追著風花雪月之晨

盼著溫存

盼著與誰同枕

在滾滾的紅塵

隨緣演化一段煙雲

無非就是愛恨

無非就是聚和分

心海的時空裡

在心海裡望著你
湧出太多的詩句
情不自禁地
讓我不斷地唱起

看著你的眼睛
卻逐漸地開始迷離
好像朦朧也泛起
自己在故事裡

深夜般的靜寂

只有心的聲息

一條紅線連著我你

那是你我的天地

你的眸子裡

是我在回望著你

情意綿綿的聯繫

還是在一個時空裡

夢中人

夢裡心混沌

似貪飲

醉眼迷濛還將酒斟

夢醒時分

還是貪痴慢疑嗔

也就是多少幾分

還是夢中人

因緣一個肉身

追著風花雪月之晨

盼著溫存

盼著與誰同枕

在滾滾的紅塵

隨緣演化一段煙雲

無非就是愛恨

無非就是聚和分

心中的分寸

是淺還是深

在塵世裡滅了天真

只是心中

還有一份情深

纏綿著希望聲聞

思維靜觀

思維　　觀因果
觀如銀清涼的月色
清涼了身心
也觀　　星系銀河

沒有肉體相隔
沒有了時光蹉跎
清淨裡笑語沒
不現往事多
沒有了你我分別
沒有了對錯

不見寂寥落寞

也不見疑惑

空寂是一首詩歌

字詞卻束之高閣

寂靜了一切色

無心念　因果如何

不見法界界河

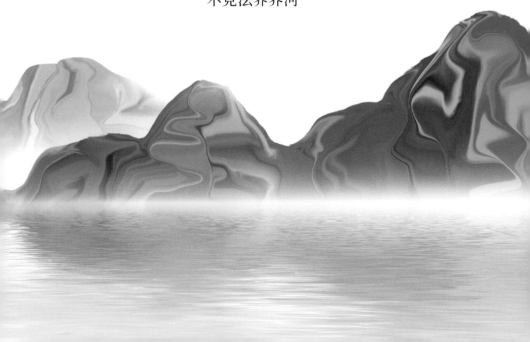

滄桑歲老

蹉跎了歲月相貌

記不得模樣年少

皺紋記錄著滄桑歲老

已不知什麼歌好

曾經的談笑

已隨風去了

心中故人杳杳

紅塵中　化成塵飄

無人撫琴長嘯

蕭瑟寒風刺面寂寥

情衷難解

月有圓缺

花開也凋謝

四季的風

吹走漫長的歲月

雨打梨花的時節

情衷難解

直到樹上的甜梨

成了訣別

光禿禿的樹幹

在寒風中迎雪

月亮缺一半

月亮缺一半
多了幽幽懸念
河畔燈火闌珊
是否奪了月亮一半

夜空星光點點
也被燈火變淡
波光掠影氾濫
點點聚聚散散

輕輕搖晃的船舷
似搖籃的護欄
河畔的琴瑟相伴
只是沒有煙雨薰染

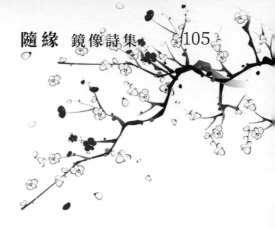

詩情滿了心中書卷

傾訴在河畔

只是身旁沒伴

只好記錄在天

清風讓人陶醉

清風讓人陶醉
月色是那樣的嫵媚
微波泛著月影的
是清澈的小河流水
把陶醉的甜味
傾注到酒裡
與皎潔的月兒
對酌醇香的一杯

我願把生命的寶貴
化氣到風裡調配
輕拂你的心兒
進入你心的深邃
留下大愛佛法的智慧
舉起手中的水晶杯

用葡萄美酒相會

管你是有情有緣的哪位

不管你是誰

請打開你的心扉

讓清風把你輕拂陶醉

讓你的生命閃著

清淨佛陀的慈悲光輝

色如夢裡

虛假　幻如真實

真實　色如夢裡

醒著　看不透徹

睡著　夢如真實

舊山河　新山河

風雲變幻由心起

舊情愛　新情愛

雲雨來去由心書

何以為歌泣

情動心真是大鵬曲

聚散離合是漫長路

要知陰陽天地

洞中禪一日

凡間一年故事

只是紅塵客

天涯浪跡

一生只是朝朝暮暮

不停息

長行因緣不歸途

一聲嘯天際

濁酒夢行　雲裡霧裡

心現的故事

惦念
化成了圖現
那是你紅潤的面

雙眼
隨著時間
看到了樹花在眼前

耳邊
還有　再見
似乎　你沒有走遠

思念
時空的留戀
那是心還在相連

世間

曾經在身邊

現在　在心的兩端

夜間

心念續夢幻

演繹著浪漫的相見

秋日晨曦　輕風

秋日晨起

沐浴在晨曦裡

淡淡的暖意

撫慰了香潤的肌膚

化解了愁緒

留下了溫暖的種子

釋懷　解脫了

生滅　輪迴的恐懼

天高雲淡的秋日

藍色清淨了萬事

一縷微微的輕風

表達了清涼的秋意

生滅只是遊戲

心暖必有心冷的轉意

顯現了生滅的四季

妄念的生滅不止

迷了路

太陽隱去

雲霧瀰漫了山谷

若隱若現的小路

蜿蜒著消失在

朦朧的迷霧裡

森林的樹

交錯擁抱著　　連理

彷彿回到了原始

彷彿威風的山神

也穿著遠古莊嚴的服飾

我希望探索迷霧

探索迷霧遮掩的小路

更希望探索沿途

未曾見過的美麗

我放飛了心

勇敢地進入

那似曾相識的迷霧

只看得見周遭的物

從此　就迷了路

心·形·藍色的夢

走在路上
　感受著拐彎
　　時緩時不緩的風
　因為它穿上了
　　橫豎胡同的衣服
　　　學會了扭曲變形
你的心
　就像是那風
　　穿上了經緯網的衣服
　　　變化了形
風　多情地
　撫著樹葉曼舞
　　更多情地
　　　撫著房子攀緣而行
　忽然又任性地
　　捲起沈暗的塵

污濁了輕柔的身體

和藍色的衣幔

更迷住了眼睛

風兒呀

感受到了你

卻逮不住你的形

更逮不住

你的魂和靈

我要讓你清靜

不再遮蔽

藍天的太陽

還有夜空的月亮

和眨著眼睛的星

我一直努力地

濾清著你

愛撫著你

更試圖握著你的手
不在污濁裡走
倘佯在河畔湖面
　散發著　散發著
　　怡人的馨香清清
風兒呀
你的肚裡有個蟲
　它就是你的惡業
　更是你的
　　妄心我慢之性
我真誠地祈請
　慈悲的菩薩
　賜我一顆
　　定風的寶珠
　定住妄心妄念
　　寂靜了妄想的有情

讓你不再驛動
　不再任性地狂瘋
　　只是輕柔地和煦
　　　自在地遊行
風兒喲
　你如果清靜了
　　你就慢慢地輕行
　　　帶著我的心兒
　　　　漫遊在藍色的夢

默默無語

窗戶的玻璃

濛濛細雨的水漬

是想給我清洗

還是想說詩意

你濛了窗外的景色

也濛了我的視力

雨說　玻璃礙事

把我們隔離

你在朦朧的細雨裡

能沐浴自然的情意

能體會我愛你

我有點恍惚

默默無語地注視

注視著細雨

濛了玻璃和眼睛

我繼續地默默無語

情 緣

空中情絲
雲端紅娘繫
歲月悠悠幾千年
相逢之時
請多珍惜

生命中有幾個春季
幾個傍晚散步
能在夢幻月圓時

輪迴轉世
又有多少人相識
只是相聚
心電感應
激動的心電觸

了了前緣意

感嘆處

來世怎樣相續

鏡像攝影

星光華年

心意的細雨綿綿

思緒萬千

耳畔醉心的語言

化成星光斑斕

一朵花

一朵豔麗的花

被風雨落下

又被時間的風雨

揉搓　風化

不知心兒

是否有痛苦掙扎

其實　只是一刹那

心被虛空化

身猶如沙

隨著風飄灑

還是在這天下

不過只是春夏

花開一季

只是生命的一幅畫

靠著日月精華

輪迴發芽

又黯然銷魂失色

被生滅所殺

來世　　還是爭著開花

思緒　情絲萬縷

翻動的思緒

不停地來來去去

昨夜的風雨

情歸了何處

那灑落了一地的花瓣

阻擋了愛花人的路

心中有愛惜

珍重了那份眷顧

原本的一片絢麗

鮮花一簇簇

風雨一夜的纏綿

化成記憶散去

情是何物

心中起了迷霧

無法追尋花瓣成泥
執著的情絲萬縷
茫然無法繼續

心念現

一晃　紅塵裡流轉

一笑　花蝶絢爛

一哭　成煩惱牽絆

綿綿不斷

從早又到晚

化成芬芳的思念

陶醉了　卻淒美

剪不斷　理還亂

今朝花開

明朝花謝飛現

盼著花開

葬花是必然

最後是苦現

只是一念之間

妄想的世界顯現

夕 陽

正在告別過去

擁抱著現在的美麗

留戀地回顧

已經走過的路

成熟的熱情

真誠地佈施

用全部的愛謝幕

一顆跳動的心房

東逛西逛
心意流淌
南逛北逛
隨風惆悵

寂寥的心房
沒有了模樣
隨緣飄蕩
一會兒悠揚
一會兒花香
一會兒又是徬徨
淚濕了紅紅的眼眶
一會兒又是小溪流淌
變化著模樣
無常的心想

既是太陽

生出熱情的紅霞萬丈

又是月亮

生出浪漫的清光

如此　　只是

一顆跳動的心房

一個完整的世界

天地的模樣

自有運轉　變化的陰陽

情緣　心願

擦肩而過的因緣

一睹你的容顏

心動一情念

恍惚了多少時間

輪轉了多少年

只因你縈繞在心間

時常浮現在眼前

從此　追逐眷戀

想把你見

真誠求佛成全

把你鐫刻在眼簾

又因覺悟心願

希望在菩提樹下相見

了了那份情緣和心願

不管多麼艱難

我願意百轉千遍

花開燦爛

願你坐上

清靜聖潔的白蓮

泡影之相

道無相
天地是泡影之相

人如蜉蝣
卻有原始天光
皆是佛性光芒
超越了時空之相

神在夢中遊蕩
體會心　識　陰陽
真誠地心想
生命修煉成純陽
佛說　大慈大悲
無形無相
菩提心　隨緣是相

有生有滅是生命之相

生命的事物必然死亡

有形狀的事物

必定轉化到無形狀

空空蕩蕩　空曠

唱一曲歌　高昂

穿透時間的壁牆

三十三天

地獄和天堂

不過是心的分別之相

燃燈一盞　隨緣

燃燈一盞

輝映月色涼寒

清涼之中

她說相識是緣

熱芯燃在燈火闌珊

星光華年

心意的細雨綿綿

思緒萬千

耳畔醉心的語言

化成星光斑斕

只是微笑之間

明月清淡

清風輕輕地拂面

微言將新夢吹散

沒了慢歌浪漫

清涼寂然

燈下書寫信箋

只有孤影

沒有眼淚漣漣

隨緣等著月光消殘

寒意的記憶

秋風秋雨又起

勾起那個風雨的秋季

一份蕭瑟的寒意

是刻骨銘心的記憶

在寒涼的秋雨裡

難過的心意

沒有語言表述

解語的是寒涼的雨絲

知道緣盡了分離

是冥冥中　自有的天意

我還是悲傷的淋雨

和天一起哭泣

心和天一起流著淚滴

就像彩色的迷離

讓我再也忘不了

秋風秋雨的涼心的寒意

滄桑的心賦

滄桑的心賦

坎坷的命運經歷

輪轉了千年的心兒

內心的無明

激盪的情感傾訴

震盪了寒涼的天氣

起了瀰漫的霧

吶喊　卻看不清路

宣洩　卻在迷霧裡

看那千年滄桑的樹

一直活在山谷

身在浩渺的迷霧

增長了歲數

卻還在　經歷紅塵

見證了無數

生命糾結的轉世

觀看了無數

生命情感的纏綿故事

以前的痕跡

因為你畫的痕跡

從此　你在記憶裡

隨著時間的推移

眼前總是你的影子

時常想和你耳語

時常多了嘆息

耳旁有你的喘息

有你的呢喃細語

忘情地伸出手

觸摸到了濛濛細雨

我也滴下了淚雨

人生　是漫長的路

不管走了多久

都畫痕在心裡

我們是過客行走塵世

只是證明地呼吸

等待終點的歸期

我很想告訴你

你美麗馨香的氣息

你的所有的痕跡

都收藏在心裡

情感　　抹也抹不去

玉

和田羊脂白玉

像少女體香的肌膚

緬甸翡翠玉

像少女的情愫

像是水靈靈的眼裡

流出的晶瑩淚珠

玉　　雖然是石頭

卻是精華的聚集

有了靈性的心意

人們的心裡

把美好賦予

讓它們有了不可思議

有了人性的含義

不管是高尚的情操體現

還是稀有的美麗

其實　它就是一塊石頭

可是　造化的天地

讓它有了日月的精華

像鳳凰涅槃的神奇

看天邊的雲

最悲哀難受的事
就是你喜歡的
要敗壞　要離去
你卻無能為力
看著它
一點點走向衰敗
或走向滅亡之路

你祈禱了上蒼
那緣起緣滅的塵世
還是兌現了預知
無奈　心悲泣
那是世間的規律
宿世的業力

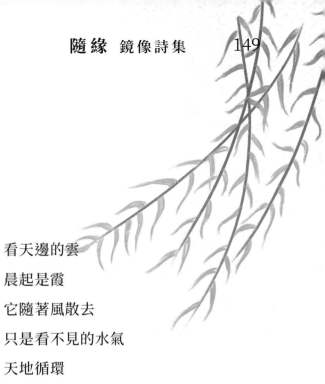

看天邊的雲

晨起是霞

它隨著風散去

只是看不見的水氣

天地循環

只是一篇故事

勇敢地走　讓心安住

靜悄悄地走

什麼都不留

也不將任何東西帶走

不回頭

沒有什麼牽掛心頭

也沒有回頭的理由

過去了　就拋在腦後

沒有什麼值得回首

跨過人生的路口

沒有什麼能夠

讓我等候在寂寞的心樓

該走的路　必須走

大無畏勇敢地走

靜靜地禪修

別溜了念頭

讓心安住在淨觀的念頭

別 離

（一）

你在這邊　我卻走向那邊

你在此岸　我卻渡到彼岸

（二）

你揮手的對面

卻是背影漸遠

（三）

你說東邊　他說西邊

你說南面　他說北面

（四）

面對面

轉身　背對背

走向各自心河兩岸

（五）

一張床

兩張不同的臉

做著不同的夢

夢中人　不是床上的臉

（六）

相愛的人

一個在陽間

一個在陰間

她為他扶著香案

他呼喚　她聽不見

壞 空 感嘆

寒冷徹入骨

凝結了情感的淚珠

時間殘酷

看盡了人生滄桑

地上盡是枯葉枯枝

不見有人回顧

恍惚中的孤獨

來路是歸路

往事如故

執著的習氣

妄念的塵網自縛

輪迴到何處

再走一次回頭陌路

風花雪月又做塵土

妄心不清楚

夢幻之中　心自負

鏡像攝影

日暮時　月升起
一滴淚珠
融化了心冰堅利
一株桃樹
淚水澆開了
滿枝花色妍麗

山河風雨淡然

風雨灌滿山川

不管冷暖

觀山觀水站在河邊

雲裡霧裡濕了衣衫

雲雨戀山正酣

風雨之中荏苒

悠悠了時光歲寒

隨遇而安

隨緣自在若等閒

超然放下　心淡然

淡然了名相容顏
六根清淨自然
依稀的呢喃
輕輕拂過耳畔
那只是無住隨緣

白髮　紅紗與蓮花

滿頭的白髮

思緒已經不繞紅紗

不戀美麗嫁妝

青春已經刻成畫

記憶裡是飛花

早已有了人家

像是一匹奔騰的馬

飛奔屋簷下

馬蹄生了心花

只是一刹那

就成了碑一樣的寶塔

風鈴聲落下

卻沒人來泡茶

風聲鈴聲

是心念的變化

它也不過是心猿意馬

傳出馬蹄聲踏

由著心發

手捻一枝

觀想潔淨的蓮花

情感回顧

日暮時　月升起

一滴淚珠

融化了心冰堅利

一株桃樹

淚水澆開了

滿枝花色妍麗

牽掛的相思

貯存了美酒幾壺

誰人能知

情義輕撫

心中　就刻上了

你美麗的名字

又是月下回顧

景色如故

不知你在何處

初心不負

恍惚了孤獨

枝葉影子滿路

微風中漫步

月光滋潤了大地

耳旁的叮嚀

迴響得那樣清楚

只是不知

如何描述有情眉目

夢幻心秀

山水是心秀

夢幻到白頭

時光轉眼舊

煙雨為情留

懷揣著溫柔

揮淚又揮手

縱然有回首

青春已飛走

喝杯相思酒

一醉無方休

把握當下要珍惜

悠悠人生路

坎坷又崎嶇

命運如潮落潮起

除了愛恨

就是無奈地聚離

有悲也有喜

緣來了又失去

執著得了為何失

萬般種子藏心底

隨緣顯示

身不由己隨業力

時光飛逝

要想幸福如意

把握當下要珍惜

風一樣的緣

你悄悄地出現在眼裡

又悄悄地離去

像一陣風一樣地吹拂

隨緣將情感展示

卻並不安住

只是你離開時

為何將我的心拿去

又無了蹤跡

不知道你在何處

從此　內心有點空虛

不知道拿什麼填補

有點空了的心室

長出了雜亂的思緒

卻改變不了

空蕩蕩的感覺

任由著命運的風擺佈

經常看著藍色天空

有點茫然無助

生命好像已凝固

看不到有你在的畫圖

皆是離分

世間皆是離分
只因相聚的一瞬
開了花一朵
那是四季開始的春

情感執著的紅塵
皆是分別的愛恨
那一念的情深
擾亂了方寸

那顆深情的心

在六道裡不會歸隱

每一世的體溫

都有著因緣的傷痕

每一世的灰燼

養育了來世一輪

妄心隨境任性放任

繼續演繹著離分

怪不得如來藏

你俏麗的模樣

種在了心房

那是種子識的收藏

你紅潤的臉龐

我心中的嚮往

希望你陪在身旁

那是妄想的時光

讓心隨著境相

思維幻想

難以放下守望

讓眼淚泊泊地流淌

那源泉的地方

有著淡淡的憂傷

那是情感的因緣

沒有修進圓滿的殿堂

怪不得如來藏

隨緣　不種悲苦的美麗

心裡沒有分離

執著愛你的美麗

偏偏下起寒雨

從此　你就離去

再也沒有相依

我被執著的暴風驟雨

澆滅了希冀

被冰雹打傷了身體

知道　不會有奇蹟

今世相會無期

相遇還不如不遇

隨緣　隨她去

放下這份傷心的苦意

不再種這份離奇
不再種這份悲苦的美麗
不再執著擁有
把煩惱隨意地放棄

心　左右心室

生了長長的情絲

飄蕩了天際

攪動了平穩的空氣

清香掌握了心智

眩暈著　急促了呼吸

兩眼閃過了星星的美麗

佈滿了天際

迷惑了心意

窗子的玻璃

霧濛濛的水氣

因緣　讓它有了武器

劃分了隔閡的帷幕

從此　心生猜忌

多了一個心兒猜疑

愛恨像玻璃

隔閡著兩個心室

生了左右群體

左右的認知

起了左右的爭執

紅塵　陰陽糾纏一起

繽紛了世紀

成住壞空

女兒
幼稚的小臉
變成了成人的臉

媽媽
漂亮的臉
變成了皺紋的臉

外婆
滄桑的臉
凝結成了相片

一朵小花

獨自芳華

那是自信的一朵花

無需人牽掛

無需塵世繁華

一縷清香

溢滿領地天下

如絲雨飄灑

一朵小花

美麗不戀枝椏

清雅的色香

化成一道七色彩霞

願意放下

虹化一切名相

成就世間佛塔

深秋的雨　沈重寒涼

秋天的雨

濕透了衣服

涼了　沈重了身體

遊玩的山溝

雨水匯集

哭泣地離去

哭聲卻一直留住山谷

靜默的山

只是默聽無語

包容著一切的情緒

沒有任何的表示

穩重的深沉安住

雄偉地頂著

蒼茫的天空和大地

陰陰的天氣

像姑娘的壓抑

像生理週期的情緒

陰沉的心意

莫名地哭泣

掃落了枯黃的樹葉

飄零　飄零　飄到了遠處

嗚咽地逝去

回歸了自然大地

它們　從此

慢慢地化成了粒子

參與新的生命的演繹

忘了過去的前世

只知道今世

繼續著成住壞空的故事

流……

揮著手

走上山頭

萬千景色盡收心頭

雲海流

時光倒流

彷彿看見你的溫柔

人風流

真情依舊

可以走到天的盡頭

水長流

春暖的時候

攜手並肩藍天遨遊

淚水流

前世流到今世

情動　輪迴的水流

回歸自然

一片落葉

微風輕輕托扶著它

飄零到湖面

略顯孤零

帶著哀傷的思戀

我曾經滄海走過

歷經滄桑風雨飄搖

不曾低頭

直到使命完成

留下枯黃蒼老歌謠輕彈

我也曾經年輕

曾經風華

曾經在春夏的陽光裡

合著風的柔情曼舞

把青春的愛戀手挽

蒼老了　　不再留戀

緣份盡時

瀟灑地揮手告別

生滅來去　　皆是因緣

歡喜地回歸故鄉

作別夢想的藍天

隨風漂浮安住是岸

隨波逐流只是隨緣

天地之間自由地行走

在天地之間

自由地飄零吶喊

我回歸自然

一場夢想

一黑一白是陰陽

黑白世界無常

輪迴了相忘

更新了乾坤萬象

雖然風輕月朗

世態依然的炎涼

四季裡有春色也有枯黃

此起彼伏　　此消彼長

生命的未來

命運在種子識裡藏

一場蕭瑟的寒霜

就會有消亡

那是自然的孟婆湯

陰陽兩相忘

來世　　又是一場夢想

詩集後記：

《心生彩虹般的橋樑》

我想你的時候
你在遙遠的地方
你想我的時候
我無奈地望著遠方

兩個人的心
因為相通
在遙遠的兩地
架起了相連相應的橋樑
心心相印
心裡住著對方模樣

如彩虹般的橋樑
因心想升起

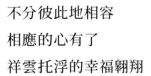

不分彼此地相容
相應的心有了
祥雲托浮的幸福翱翔

你在我的心上
我在你的心上
只是分別的鏡像
相會的時候
心念一想
就在心中的境相
行得是
心生的彩虹般的橋樑

我的詩，希望看到的人，會產生思維的激發，會產生一些靈感的東西。還會通過它，認識到我禪修後，對一些人生和自然的看法。以及瞭解，彩色的生活，雖然彩色絢爛迷人，大家都喜歡，可是絢爛過後的苦幻，也會刻骨。人必定要認識到：人生，因緣而生，如夢如幻，從虛無來，再歸虛無處。境相，並不實有，終究會是空。諸法緣起性空。

《彩虹般的痕跡》

留下什麼不太重要
　它只是你人生的痕跡
只是不要虛假
　不要無趣
　　不要昏昏然地茫然遊歷

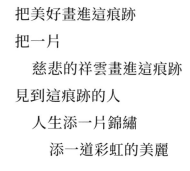

把美好畫進這痕跡
把一片
　　慈悲的祥雲畫進這痕跡
見到這痕跡的人
　　人生添一片錦繡
　　　　添一道彩虹的美麗

我的光彩就是你的光彩
　　就是你的光彩奪目
　　　　希望璀璨般的神奇
或者　　讓你踏著這痕跡
　　開心快樂的走
　　　　走出你的彩虹般的路
或者　　讓你踏著
　　我身軀化成的彩虹
　　　　畫上更美好的絢麗痕跡

我的心
　　願托起彩色的虹
　　　　彩色的祥雲與晨曦
　　　把你托起到美好的天堂
　　　　　這是我最憧憬的心意

我只是一道痕跡
　　　一道為你生的彩虹雲氣
　那是我心中的菩薩
　　　化現的聖境大慈
　那是我心中的佛陀
　　　化現的極樂的法船普渡

那是一道痕跡
那是一道我生命的痕跡
那是我的心願
　　　幻化的彩虹般的痕跡
那是我的心願
　　　幻化的美好希望的晨曦

前言的痕跡，到後記的彩虹般的痕跡，
正好畫一個圓，書寫一個圓滿。有因就
有果，希望這本詩集給您帶來一些不
一樣的風光，帶來一些生活中茶餘飯後
的話題，增加一點您生活中的佐料和彩
色，也帶來安詳的禪意，帶來覺悟智慧。
希望您快樂吉祥！

鏡像系列詩集

《郵寄》

《靈魂》

《一池紋》

《心不在原處》

鏡像系列詩集

《眼角》

《心念》

《心雨》

《桃花夢》

鏡像系列詩集

《心情的小雨》

《宿緣的一眼》

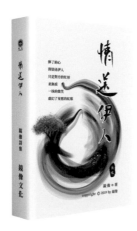

《情送伊人》

《河岸》

鏡像系列詩集

《心田之相》

《原點》

《困惑》

《四季飛鴻》

鏡像系列詩集

隨 緣 鏡像詩集

作者	鏡像
發行人	鏡像
總編輯	妙音
美術編輯	彩色 江海
校對	孫慧覺
網址	www.jingxiangshijie.com
YouTube頻道	鏡像世界
臉書	www.facebook.com/jingxiangworld
郵箱	contact@jingxiangshijie.com
代理經銷	白象文化事業有限公司
	401台中市東區和平街228巷44號
	電話：(04)2220-8589
印刷	群鋒企業有限公司
出版日期	2020年1月　　　　初版
ISBN	978-1-951338-97-8　　平裝

定價　　　NT$520

網站

YouTube

臉書